JACKY UND CELESTIN
DIE SPUR DES SCORPIONS

ZEICHNUNGEN: WALTHÉRY.
SZENARIO: GOS UND PEYO.

Reiner·Feest·Verlag

1. Auflage 1988
(c) Reiner-Feest-Verlag
   Seckenheimer Str. 78, 6800 Mannheim 1
   Jacky & Celestin/Sur la piste du Scorpion
(c) 1988 by Walthéry – Editions Dupuis, Belgien
   Übersetzung: Petra Butterfaß
   Lettering: Katja Braasch
   Redaktion: Georg F. W. Tempel
   Alle deutschen Rechte vorbehalten
   ISBN 3-89343-750-9

JACKY UND CELESTIN: EIN GEMEINSAMES WERK

Gegen Ende der fünfziger Jahre bat das belgische Wochenblatt **„LE SOIR ILLUSTRE"** den Zeichner **Peyo** um einen neuartigen Comic zur Unterhaltung der Kinder und Jugendlichen ihrer Leserschaft.

Während Peyo mit **„JOHAN"** („Johann & Pfiffikus) und den **„SCHTROUMPFS"** („Die Schlümpfe") beschäftigt war und an **„BENOÎT BRISEFER"** („Benni Bärenstark") arbeitete, entschloß er sich, **„Jacky und Celestin"** in Zusammenarbeit mit anderen Zeichnern herauszubringen. Er schrieb zwei Szenarios: „Des fleurs pour mon Lüger" und „La ceinture noire". Das letztere zeichnete Will und entwarf auch die Figuren. Will arbeitete ebenfalls an „Benoît Brisefer" mit. Er wurde von dem Zeichner Joël Azara abgelöst. Von ihm stammten: „Un biniou jouera ce soir" und „Et que ça sautel", nach Szenarien von Peyo und Vicq. Walthéry setzte die Reihe mit der fünften Episode fort.

François Walthéry, der mit siebzehn Jahren im Studio Peyo angefangen hatte, erzählt nun wie es dazu kam:

„Für Peyo arbeitete ich zuerst an den „Schlümpfen". Die Geschichte hieß: **„SCHTROUMPFONIE EN UT"**. Ich tuschte einige Hintergründe, zeichnete die Bilderrahmen und letterte das Ganze. Ich merkte bald, sogar sehr bald, daß diese Richtung nicht zu mir paßte (versuchen Sie einmal einen Schlumpf zu zeichnen. Sie glauben doch, daß dies so einfach ist, weil es sich um so simple Figuren handelt. Machen Sie es mir doch einmal vor!) Ich war enttäuscht und glaubte, meine Karriere wäre schon zu Ende. Doch dann bat mich Peyo, die Reihe **„Jacky und Celestin"** wiederaufzunehmen, die abwechslungsreicher und abenteuerlicher als die Geschichten der Schlümpfe ist. Joël, der ziemlich mit Arbeit überhäuft war, gab die Reihe auf und überließ sie mir.

Peyo bat Vicq, für mich ein Szenario von **„Jacky und Celestin"** zu schreiben. Sie hatten schon eine Idee und arbeiteten diese an einem Abend aus. Will hatte einige Vorarbeit an meinen Figuren geleistet. Während ich die vierundvierzig Panels der ersten Episode zeichnete, ging ich ungefähr einmal pro Woche zu ihm. Er korrigierte dann meine Arbeiten. So erlernte ich diesen Beruf. Es war aber nicht immer einfach!

Ich zeichnete manchmal ganze Nächte, denn tagsüber half ich Peyo bei verschiedenerlei Arbeiten aus. Vicq brachte samstags das Szenario, welches eine Seite lang war. Am Montagmorgen mußte die Druckvorlage bei der Druckerei von **„SOIR ILLUSTRE"** sein. (Ich war schon seit der ersten Seite dieser Geschichte in Verzug!)"

Nach „Vous ètes trop bon" folgten drei weitere Episoden: „Le casse-tête chinois" („Szenario von Peyo, Gos und Derib), „Sur la piste du Scorpion" (Szenario von Peyo und Gos) und „Le Chinois et le rancunier" (Szenario von Walthéry und Gos). Francis löste Walthéry ab und zeichnete die zwei letzten Episoden von **Jacky und Célestin"**.

Bei der ersten Episode arbeitete Leloup am Szenario mit und zeichnete die Hintergründe der Bilder. Mittéi entwarf das Szenario und zeichnete die Hintergründe für die zweite Episode. Diese Reihe, die ausschließlich der Unterhaltung dienen sollte, war nun zu einer Art Prüfstein für die jungen, belgischen Zeichner geworden. Die Werke Walthérys fanden am meisten Beachtung, denn sie waren wirkliche „péchés de jeunesse" (Jugendsünden)!

DIE COMIC-SELLER VOM FEEST-VERLAG:
AUF DER SPUR DES GROSSEN ABENTEUERS

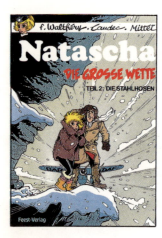 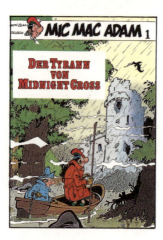 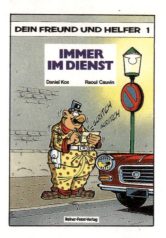 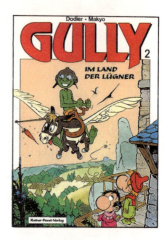

Natascha – blond, große schwarze Augen – ist Stewardess bei der Fluglinie B.A.R.D.A.F. Ihr Beruf führt sie in alle Winkel der Erde, und dementsprechend exotisch und gefährlich sind die Abenteuer, die Natascha zusammen mit dem schusseligen Walter erlebt.
Ein Semi-Funny der Spitzenklasse!

**Walthéry:
Natascha**
Bd. 11 „Die große Wette"
Bd. 12 „Die Stahlhosen"
Je 48 Seiten, farbig, Softcover, **DM 12.80**

Mic Mac Adam – Sherlock Holmes' schottischer Nachfahre – löst im nebelverhangenen London und den morastigen Sümpfen des Hochlandes mysteriöse und gefährliche Verbrechen...
Englische Krimitradition gepaart mit dem spritzigen Humor der neuen franco-belgischen Zeichnergeneration!

**Benn/Desberg:
Mic Mac Adam**
Bd. 1 „Der Tyrann von Midnight Cross"
Bd. 2 „Gesammelte Morde"
Je 48 Seiten, farbig, Softcover, **DM 12,80**

Wachtmeister 212 ist ein unermüdlicher und unbestechlicher Hüter von Recht und Ordnung – der Schwarzenegger der Trillerpfeife! Mit der ihm eigenen Cholerik und permanentem Übereifer zwingt er Freund und Feind in die Knie. Ob besoffene Autofahrer, der chronische Selbstmordkandidat oder die Taubstummenvereinigung, die Auftritte des guten Wachtmeisters gehen so ziemlich alle in die Hose und mit seltener Treffsicherheit läßt er kein Fettnäpfchen aus.

**Kox/Cauvin:
Dein Freund und Helfer**
Bd. 1 „Immer im Dienst"
48 Seiten, farbig, Softcover **DM 12.80**

Iridor und Orifor – zwei verfeindete Länder, die doch soviel gemeinsam haben: gute Laune und Frohsinn sind dort eine Lebenseinstellung. Aber alle 100 Jahre wird ein Melancholiker geboren, der den Leuten das Leben ziemlich versauern kann. Und tun sich die Melancholiker beider Länder zusammen, kann's eigentlich nicht mehr ärger werden.
Eine poetische, heitere Serie für alle Jungen und noch Junggebliebenen.

Dodier/Makyo: Gully
Bd. 1 „Gullys Abenteuer"
Bd. 2 „Im Lande der Lügner"
Jeweils 48 Seiten, farbig, Softcover, **DM 12.80**

Bob Morane – Zeitagent und Spezialist für besondere Fälle – hat es als Trouble-Shooter nicht immer einfach. Immer wieder bedrohen kriminelle Elemente die Sicherheit der Erde. Mit seinem Freund und Kollegen Bill Ballantine bekämpft Bob Morane den Schrecken der Vernichtung und Unterjochung...
Ein franco-belgischer Abenteuer-Klassiker!

Vance/Vernes: Bob Morane
Bd. 1 „Operation ‚Schwarzer Ritter'"
Bd. 11 „Die Giganten von Mu"
Bd. 12 „Notlandung in Serado"
Je 48 Seiten, farbig, Softcover, **DM 12.80**

Einst lebte in jener alten und dunklen Zeit, in der allein List und Stärke eines Mannes das Gesetz ausmachten, ein Söldner, dessen endlosen Irrwege einzig vom Schicksal seines Schwertes bestimmt wurden. Sein Name war **Ivor** und wurde bald von allen gefürchtet.

**Zoran:
Ivor**
Bd. 1 „Der Tag des Söldners"
48 Seiten, farbig, Softcover, DM 12.80

Während des 100-jährigen Krieges beginnt eine seltsame Freundschaft zwischen dem jungen Architekten und Bildhauer **Jhen Roque** und dem geheimnisvollen Edelmann **Gilles de Rais**. Verbindendes Element ist der Freiheitskampf gegen die britischen Eindringlinge.

**Martin/Pleyers:
Jhen**
Bd. 1 „Tödliches Gold"
Bd. 2 „Johanna von Frankreich"
Bd. 3 „Die Schinder"
Jeweils 48 Seiten, farbig, Softcover, **DM 12.80**

In der Reihe **Abenteuer-Classics** werden ältere Bände verschiedener Serien veröffentlicht oder speziellen Sammlerwünschen entsprochen. Bei den ersten beiden Bänden handelt es sich um das bislang in Deutschland unveröffentlichte letzte Album der Reihe „Die Indianer" sowie um das 1948/49 entstandene erste **Alix**-Abenteuer.

Abenteuer-Classics:
Je 48–64 Seiten, farbig, Softcover, **14.80**

Bd. 1 **Die Indianer: „Die Ehre des Kriegers"**
Hans G. Kresse

Bd. 2 **Alix: „Alix der Kühne"**
Jacques Martin